El Diente Que Se Creía Muy Fuerte

E. Rosa Perez, RDH

Ilustraciones por: Raquel Rodriguez

Información de la imprenta disponible en la última
página

Rev. date: 07/11/2019

Para realizar pedidos de este libro, contacte con:
Xlibris
1-888-795-4274
www.Xlibris.com
Orders@Xlibris.com

Para
Natalie y Lexci

Había una vez un diente llamado Bud que vivía en una boca grande.

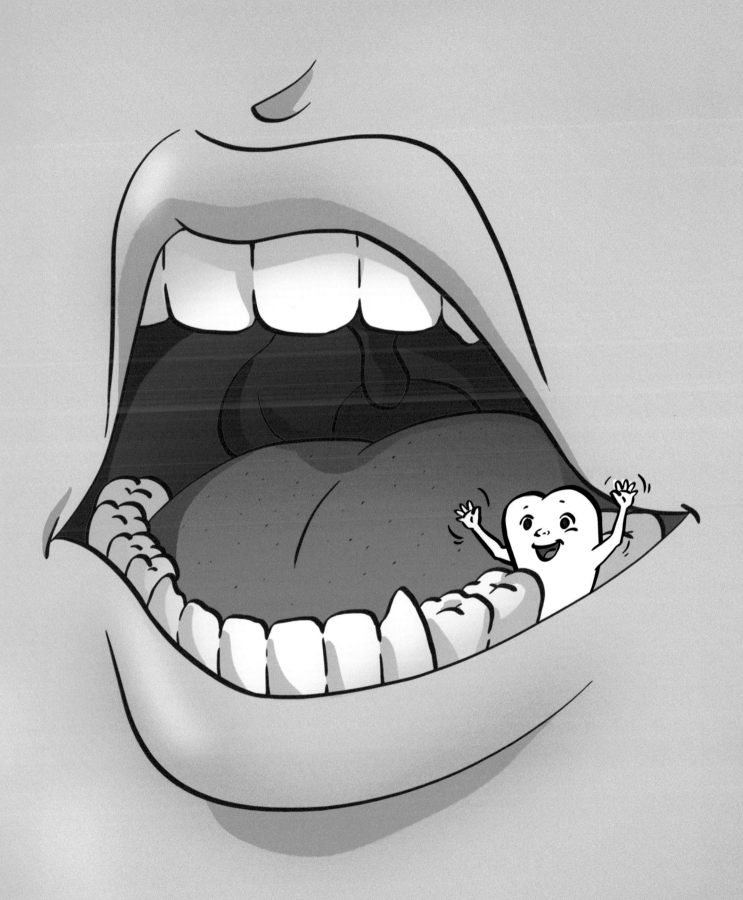

Bud era el tipo de diente que nunca se cuidaba. En vez de comer comida saludable, se pasaba todo el tiempo comiendo dulces.

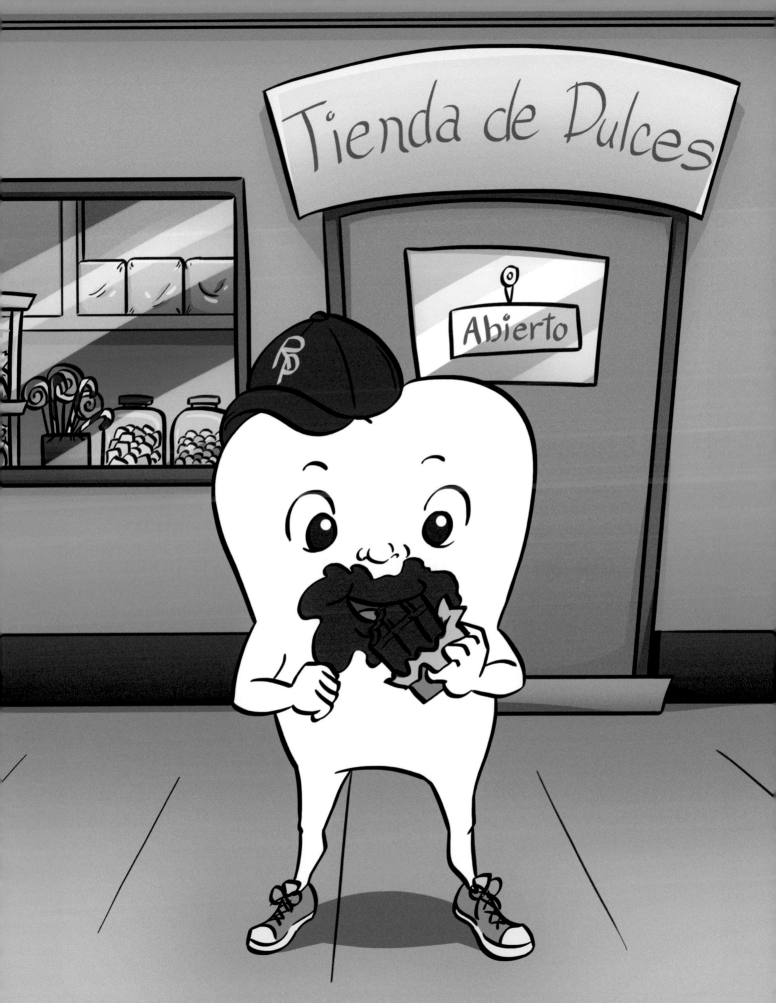

5

Cuando llegaba el momento de cepillarse, Bud no era muy bueno para eso. Muchas veces se iba a dormir sin cepillarse ni pasarse el hilo dental, porque se creía tan fuerte, pensó que nada malo le podía pasar.

Pero un día todo cambió cuando se despertó y no se sentía bien. Se sentía pegajoso y tenía manchas de color anaranjado por todas partes. Bud se asustó y entró en pánico. Se fue corriendo al dentista aún sin tener una cita programada.

Cuando llegó al dentista, pensó que iba ser un lugar de miedo, pero no fue así. Le dijeron que se sentara y que la higienista dental lo atendería en un momento.

Un higienista dental es la persona que limpia los dientes y educa a todos a cómo cuidar sus dientes para evitar caries y enfermedad de las encías.

Cuando le tocó el turno a Bud, lo llevaron a un cuarto donde se sentó en una silla grande. Allí conoció a Rosita, la higienista dental.

Rosita le tomó una foto a Bud y uso instrumentos de muchos colores para limpiarlo. Para quitar las manchas anaranjadas usó un cepillo especial que giraba, dejándolo limpio y brillante.

En ese momento, el dentista entró para mirar la foto y examinar a Bud con su instrumento de contar dientes. Al final le dijo que no tenía caries y lo vería en seis meses para su chequeo dental. Bud se puso muy alegre al escuchar eso.

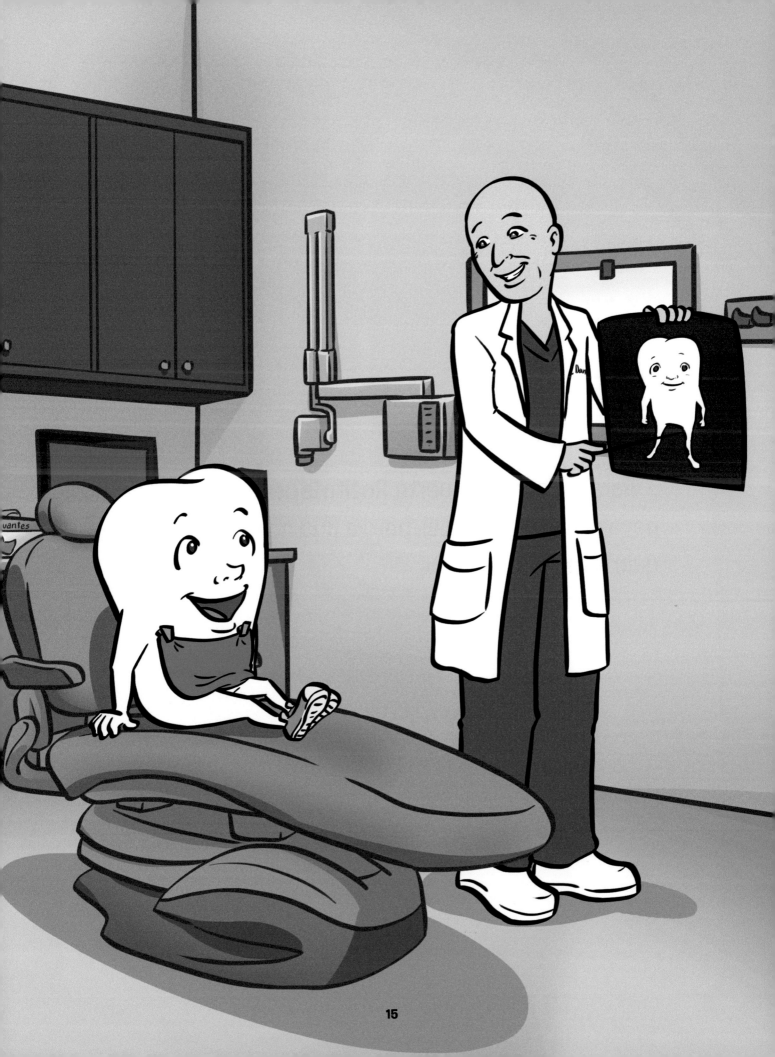

Para ponerlo más fuerte, Rosita le puso fluoruro. Era pegajoso y se pegó a él, pero a Bud no le importaba, quería mejorarse.

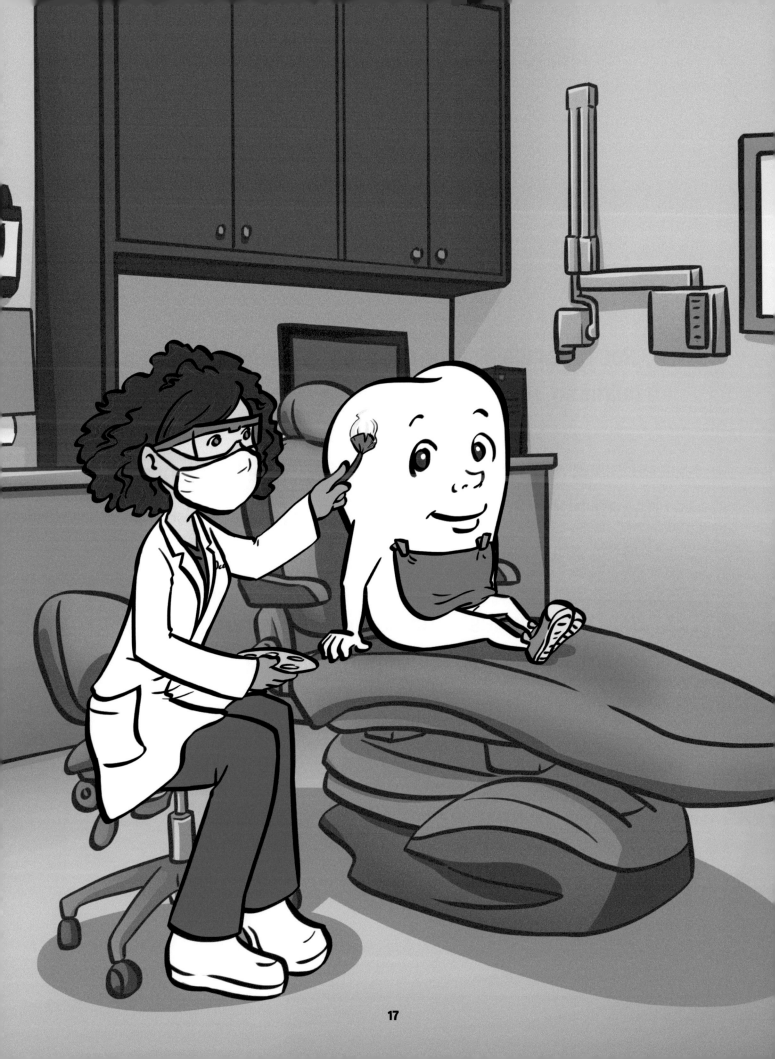

Rosita, la higienista, le dijo a Bud que si no empezaba a cuidarse, terminaría con caries.

Caries es lo peor que le puede pasar a los dientes, hacen huecos en los dientes que pueden causar dolor.

Bud, por supuesto, no quería que eso ocurriera y preguntó qué podía hacer para cuidarse contra las caries.

Rosita le recomendó que se mantuviera alejado de los dulce, cepillarse dos veces al día y pasarse el hilo dental diario.

Antes de salir de la oficina dental, Rosita se tomó el tiempo para enseñarle a Bud la forma correcta de cepillarse y pasarse el hilo dental.

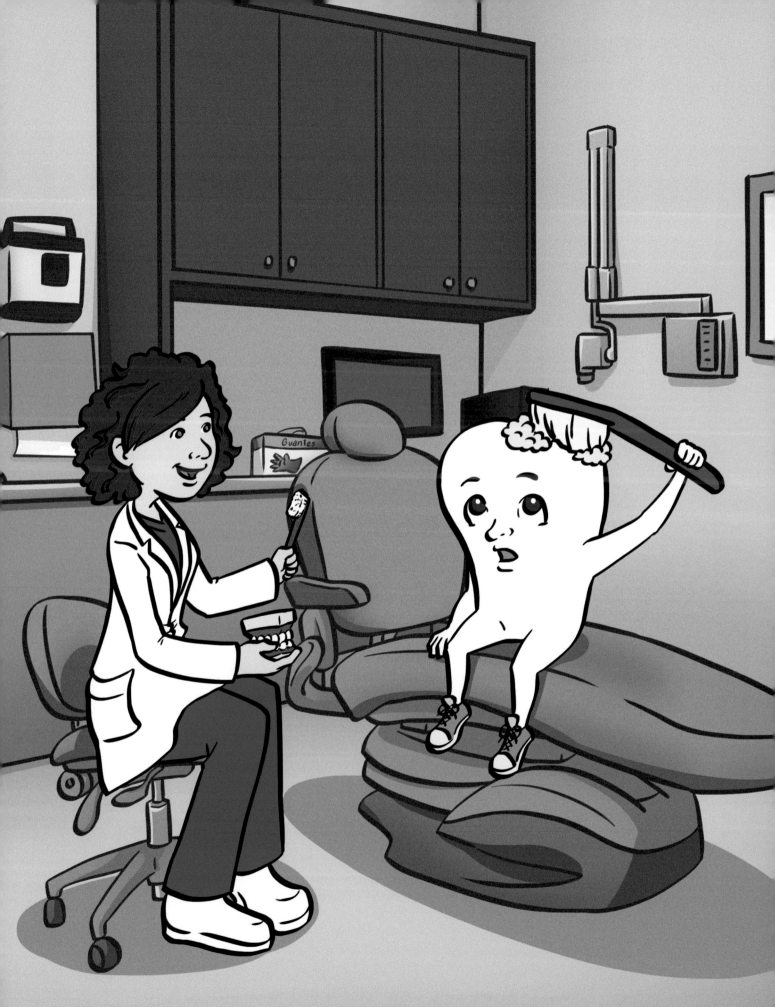

A partir de ese día, Bud empezó a cuidarse mejor.

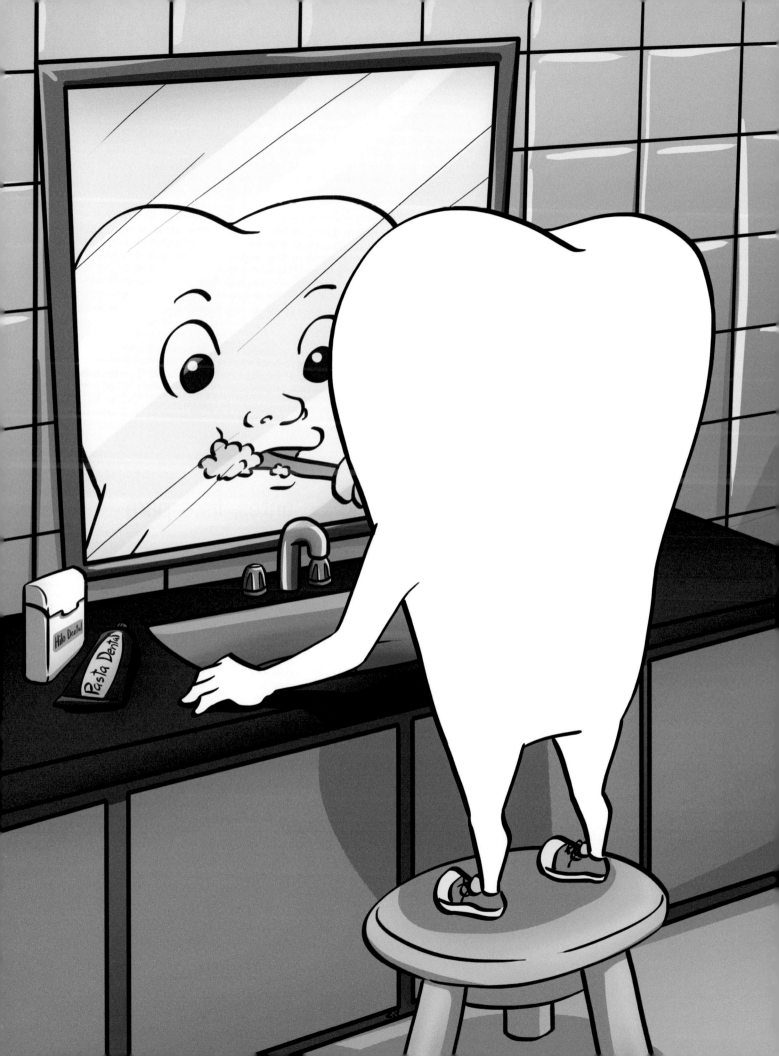

Pronto volvió a ser el mismo de antes, listo para disfrutar de muchos años más.

Printed in the United States
By Bookmasters